이 책 속의 영롱한 별들이

의 길을

안내해 드릴것입니다

드림

가슴에 별 하나씩 심으며 산다

2024년 8월 30일 초판 1쇄 인쇄 발행

지 은 이 | 이봉연
펴 낸 이 | 박종래
펴 낸 곳 | 도서출판 명성서림

등록번호 | 301-2014-013
주   소 | 04625 서울시 중구 필동로 6 (2, 3층)
대표전화 | 02)2277-2800
팩   스 | 02)2277-8945
이 메 일 | msprint8944@naver.com

값 20,000원
ISBN 979-11-94200-20-8

이 책은 강릉문화재단 후원으로 발간되었습니다

가슴에 하나씩 심으며 산다

도서출판 명성서림

이 책을 읽는 분에게

우리는 모두 지구라고 하는 이 아름다운 별에 태어났습니다,

우리가 수천 년을 무릎 꿇고 빌고 또 빌어도 다시는 올 수 없는 이 아름다운 곳에 지극히 소중하고 귀한 존재로 나타난 것입니다.

이처럼 아름다운 별에 어린 왕자와 공주처럼 태어난 우리는 정성을 다하여 자신을 잘 가꾸고 다듬어서 예쁘고 아름답고 의미 있게 살아야 할 의무와 권리가 있는 것입니다.

이 책을 들고 있는 당신은 이미 이 책을 읽을 충분한 자격이 있습니다. 어떻게 하는 것이 나를 나답게 가꾸고, 나다운 향기를 품으며 잘 사는 길인가를 고민하고, 그 길을 찾으려고 노력하는 분이기 때문입니다.

아무리 좋은 길이 내 곁에 있어도 그 길을 찾지 않으면 그 길은 보이지 않을 것이며, 아무리 훌륭한 말로 삶의 방향을 제시해 주어도 자기를 가꾸어야 할 마음이 없는 분은 그 소리가 들리지 않습니다.

세상에 노력하지 않고 되는 일은 결코 있을 수 없습니다.

공자의 말대로 어떻게 해야 할까? 어떻게 해야 할까 하고, 스스로 탐구하지 않는 사람은 정말 어떻게 해야 할지를 모르는 사람입니다.

여기서 사람이 산다는 것은, 다른 여러 사람과 더불어 사는 것을 전

제로 하며, 잘 산다는 것은 사람답게 사는 것을 의미합니다.

이처럼 함께 잘 살아가려는 정신은 단지 도덕심과 경외의 정신을 넘어 부단한 자기 초월의 의지가 내재되어 있는 것입니다. 일상의 자기 자신에 만족하지 않고 매일매일 새롭게 태어나는 자신의 변화하는 모습을 발견하고 삶의 기쁨과 행복을 느끼는 것입니다.

그리하여 어디에서든지 하늘을 발견하여 그 섭리를 이해하고. 소통하며 천인합일의 신묘한 즐거움을 누리는 것이 삶의 목표이며 이상인 것입니다.

그렇게 지금까지 수많은 선각자와 수많은 삶의 안내서가 우리의 앞길을 밝혀 주고 간곡하게 손을 잡아 주었는데도 불구하고 아직 우리 사회에서는 끔찍한 사건 사고와 참으로 안타까운 일들이 많이 벌어지고 있습니다.

이러한 상황이 바로 이 책이 만들어진 이유이기도 한 것입니다.

세상에는 무수히 많은 삶의 안내서와 선각자들이 손을 잡고 끌어 주고 있습니다. 하지만 어떤 이유에서든 아직 방황하는 사람이 많이 있습니다. 그러한 작금에 이 책이 만들어지는 이유는 무엇 때문이겠습니까?

같은 내용의 말이라도 표현 방법이 다르거나, 말의 온도가 다르게 느껴지도록 전달하면, 받아들이는 강도도 다르기 때문입니다.

이 책은 다음과 같은 면에 신경을 써서 만들었습니다.

첫째 : 예술 작품집 형태로 구성하였습니다.

예술 작품은 감상만 하여도 마음이 정화되고 감동하면서, 온화하고 평화로운 상태를 유지합니다. 거기에다 한 장르의 작품이 아니고 시, 서예, 그림을 적절히 배치하여 취향에 따라 감상하면서 느끼도록 하였습니다.

둘째 : 아빠 새와 아기 새를 등장시켰습니다.

아빠 새와 아기 새의 정겨운 모습을 상상하도록 하고, 아빠 새와 아기 새의 따뜻하고 의미 있는 대화를 통해 좀 더 구체적으로 우리 삶의 길을 안내하도록 하였습니다.

셋째 : 작품과 대화 내용은 독자들 눈높이에 맞추도록 하였습니다.

시, 서, 화 작품과 아빠 새 아기 새의 대화 내용은 남녀노소 누구라도 이해할 수 있도록 가능한 한 쉽게 표현하여, 읽는 분들의 눈높이에 맞추도록 노력하였습니다.

넷째 : 대화의 내용은 여섯 부문으로 나누었습니다.

우리가 살아가면서 공통적으로 고민하고 답을 찾으려고 하는 문제들입니다. 나는 누구인가? 외로움에 관한 문제, 삶의 무게에 관한 문제, 말의 중요성, 사랑에 관한 문제, 마지막으로 행복을 거론하였습니다.

다섯째 : 재미있는 책이 되도록 하였습니다.

책 전체적으로 여백을 두어 편한 마음으로 작품을 감상하도록 하고, 특징 있는 구성과 아빠 새와 아기 새의 숨결이 느껴지는 정다운 대화를 즐겁고 평온한 마음으로 따라가다 보면, 자기도 모르는 사이에 마음의 평화를 얻고 좋은 생각을 갖도록 하였습니다.

이 책은 한 번 읽고 끝나는 책이 아니라, 항상 옆에 두고 삶이 고단하거나 삶의 무게가 느껴질 때, 펼쳐 들면 이 책의 내용들이 영롱한 별이 되어 당신의 가슴에 심어져서 당신의 앞길을 밝히게 될 것입니다.

이 책을 만든 사람은 지극히 평범한 사람으로서, 여러분과 똑같이 가끔은 쓰러지다가 다시 일어나 먼 하늘 바라보며 삶을 고민해 온 사람이기에, 더 간절한 마음으로 아픈 이들을 치료하고 희망을 갖도록 훌륭한 안내서가 되기를 비는 마음으로 만들었습니다. 그러나 아직은 배움이 적고 능력이 없는 관계로 여러 면에서 부족한 점이 많을 줄 압니다.

읽어 보시고 따뜻한 마음으로 조언해 주시면 앞으로는 더 다정한 길동무가 되도록 노력하겠습니다.

끝으로 이 책이 만들어지기까지 수정해 주시고 구성하고 디자인하여 의미 있는 책이 되도록 노력해 주신 도서출판 명성서림 대표와 임직원 여러분께 진심으로 감사의 말씀을 드립니다.

대단히 감사합니다.

2024년 8월

羽化堂에서
우당 이 봉 연

차례

제1부
나는 어디에 있습니까?

날자	17	잘 사는 길	35
출발	18	다 뭐꼬	36
목표	19	달팽이 뿔	37
계획	20	내려오는 법	38
무현금	21	고개를 숙여야	39
자신의 능력	22	긍정적 사고	40
괜찮아	23	조심	41
각자의 향기	24	군자	42
본보기	25	향기로운	43
나의 봄	26	감사하는 마음	44
이정표	27	각자의 향기 2	45
깨달음	28	행동	46
사랑을	29	지나친 열정	47
진실되게	30	각자의 향기 3	48
올곧은 길	31	꽃동산	49
길	32	종소리	50
지금	33	멀리 생각	51
시작	34	좋은 일	52

제2부

누구나 외로워요

외로움	55	오동은	74
별도 달도	56	아름다운 열매	75
행복의 길	57	찔레꽃	76
너만 있으면	58	소망	77
보고 싶은 마음	59	향기로운	78
마음	60	다름 인정	79
친구	61	마음 살핌	80
하늘을 나는 새	62	봄날을	81
재미있는 일	63	화목	82
자유	64	바라보는	83
안다는 것	65	웃는 하루	84
군자의 길	66	맑고 한가한	85
주는 마음	67	성 안 내는	86
새 아침	68	보고 싶다	87
처음처럼	69	그리운 마음	88
행동	70	아름다운 꽃도	89
꿈은	71	도리	90
씨 뿌려 거두시고	72	참 좋은 아침	91
노력의 대가	73	기쁜 날	92

제3부

사는 게 힘들지요

소망 2	95	산다는 것	114
힘차게	96	마음먹은 만큼	115
어둠이	97	우물 파	116
길	98	기쁜 날	117
천국을 만드는	99	쉴 만한 곳	118
그대 마음	100	평화	119
소망	101	미움에는	120
인간들	102	그칠 줄 모르는	121
자는 척	103	사랑은	122
새 마음	104	참 좋은 당신	123
마음	105	멋진 하루	124
남을 위하는 마음	106	봄이 왔어요	125
알수록	107	꿈꾸는 대로	126
코스모스	108	진짜 행복	127
성공적인 만남	109	살아오며	128
힘찬	110	보이지 않는 것	129
믿음	111	고요	130
뿌리 깊은	112	새 아침	131
미래는	113	근본	132

제4부

말을 들으면 사람이 보여요

말의 온도	135	말의 힘	154
때에 맞는 말	136	은혜스러운 말 2	155
칭찬	137	성실한 말	156
허물을	138	말 한마디	157
부드러운 말	139	말의 향기 2	158
말의 온도 2	140	말의 힘 2	159
경청	141	말 잘하기	160
허물을 말라	142	듣고 싶은 말	161
은혜스러운 말	143	한마디 말	162
개성 있는 말	144	입술에서	163
다정한 말	145	말의 근본	164
말의 흐름	146	사랑의 말	165
자비	147	말의 에너지	166
변명	148	희망찬 말	167
진솔한 말	149	정성스러운 밀	168
말의 씨	150	말의 질서	169
순수한 종교	151	경청	170
말의 표현	152	따뜻한 말	171
말의 향기	153	자비 2	172

제5부

삶의 전부는 사랑입니다

사랑	175		함께 가요	196
참 좋은 당신	176		덕분에	197
사랑 2	177		지금 사랑	198
사랑 3	178		사랑의 깊이	199
달	179		용서하는 마음	200
사랑 4	180		제일은 사랑	201
사랑하는 마음	181		사랑의 조건	202
소중한 사람	182		송백	203
사랑은	183		마음 다한 사랑	204
사랑의 아픔	184		범사에 감사	205
사랑은 치료	185		다름 인정	206
사랑 5	186		편지	207
축복	187		노력하는	208
사랑을 가지고	188		사랑 씨	209
왜 좋아	189		마음에 기쁨	210
사랑의 기적	190		따스한 너	211
고맙고	191		아름다움	212
기다림	192		행복	213
오늘 행복한	193		사랑의 문	214
장미꽃 사랑	194		세상이 낙원	215
종소리	195		나눔	216

제6부

이제는 행복을 만들며 가요

행복 2	219	행복 4	236
행복한 사람	220	얼굴	237
기쁜 소식 1	221	행복 만들기	238
고요함	222	길	239
기뻐하는	223	빛날 내일	240
바른 마음	224	종소리	241
평화	225	소망	242
아름다운 열매	226	평화	243
기쁜 날	227	믿음 소망	244
기쁜 소식 2	228	즐거움 원천	245
근본	229	신의 삶	246
청산	230	복음	247
겸손의 씨	231	지혜로운	248
행복 3	232	하늘의 도	249
희망찬 아침	233	하늘의 뜻	250
쌀 곳간	234	아름다운 세상	251
고요한 시간	235		

제1부

나는 어디에 있습니까?

날자

아빠 새 저 하늘을 좀 봐라. 저 하늘이 모두 네 하늘이란다
아기 새 ?......!

출발

아기 새 아빠, 나도 하늘을 날 수 있을까요?

아빠 새 아빠보다 훨씬 더 잘 날 수 있단다. 다만 무엇을 위해 날까?
를 생각해라.

목표

아기 새 이 둥지 밖이 너무 무서워요.

아빠 새 먼저 목표를 정해라. 그 목표가 너에게 길을 만들어 줄 것
이다.

계획

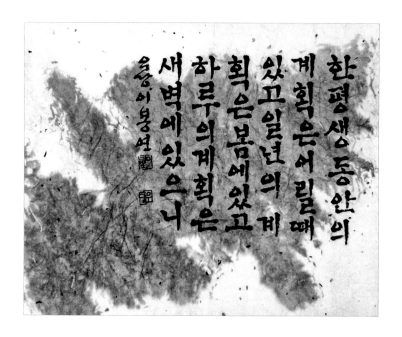

한평생 동안의
계획은 어릴 때
있고 일년의 계
획은 봄에 있고
하루의 계획은
새벽에 있으니

아기 새 앞길이 보이지 않아요.

아빠 새 누구나 처음에는 길이 보이지 않았다. 가다가 쓰러지고 또
가다 보면 조금씩 길이 보이기 시작한단다.

무현금

아빠 새 세상에는 보이는 것보다 보이지 않는 것이 더 중요할 때가 많단다.

아기 새 ?......

자신의 능력

아기 새 나는 아무것도 못할 것 같아요.

아빠 새 자신의 능력은 자신도 알 수 없단다. 다만 도전해 보아야
알 수 있다.

괜찮아

아기 새 오늘도 둥지 위로 올라가다가 굴러떨어졌어요.

아빠 새 많이 굴러떨어진 새가 더 쉽게 일어나 더 멀리 날 수 있다.

각자의 향기

평온하고 따뜻한 말이
자신의 품격을 나타낸다
우당 이봉연

아기 새 나는 왜 이렇게 못난이에요.

아빠 새 우리는 누구나 다 각자 나름대로 독특한 색깔과 향기를 지
니고 태어났단다.

본보기

아기 새 나도 독특한 향기가 있을까요?

아빠 새 누군가는 너를 항상 바라보고 따르고 싶은 최고의 본보기로 여기고 있단다.

나의 봄

아기 새 어떻게 살면 그렇게 될까요?

아빠 새 너무 뛰어나려 하지 말고 따뜻하고 편안한 새가 되어라.

이정표

아기 새 앞날이 너무 막연해요.

아빠 새 아무도 알 수 없는 내일이 있기에 우리는 날마다 새로운 꿈
을 꾸며 살아간단다.

깨달음

아기 새 오늘은 좀 높이 올랐는데 더 많이 보였어요.

아빠 새 높이 올라 고요히 관찰하면 안 보이던 것이 보이고 스스로 깨달음을 얻게 된단다.

사랑을

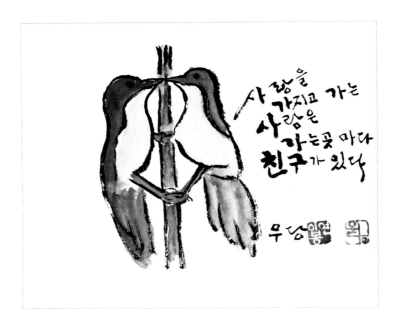

아기 새 어떤 마음으로 보는가에 따라 보이는 것도 달라질 것 같아요.

아빠 새 참 좋은 생각이구나. 곱다고 가꾸고 관심을 가지면 모든 게 꽃으로 보인단다.

진실되게

아기 새 먼저 마음을 잘 가꾸어야겠어요.

아빠 새 너무 완벽하려 하지 말거라. 너무 완벽한 삶보다 진실하게
살려고 하여라.

올곧은 길

아빠 새 우리는 무엇에 비중을 두고 사랑하느냐에 따라 우리의 모
습과 품격이 달라진단다.

아기 새 어리석은 자는 무엇이 이로우냐를 따지고, 지혜로운 자는
무엇이 옳으냐 그르냐를 따진다고 들었어요.

길

아기 새 가끔은 하늘을 많이 바라보아야겠어요.

아빠 새 하늘을 바라본다는 것은 곧 자신을 바라본다는 의미로구
나. 안으로는 감사하는 마음을 배우고 밖으로는 공경하는
법을 배우면 좋겠다.

지금

아기 새 그 많은 일을 어떻게 다 하며 살아요.

아빠 새 당장 모든 일을 다 할 수는 없다. 그러나 당장 어떤 일을 시
작할 수는 있지 않느냐.

시작

아기 새 시작하지 않으면 기대할 것도 없겠지요.

아빠 새 날마다 새롭게 시작하는 마음으로 살다 보면 우리 삶의 길
이는 조정하기 힘들더라도 삶의 깊이와 넓이는 조정할 수
있게 된단다.

잘 사는 길

아기 새 그냥 사는 것보다 어떻게 사는 것이 가장 잘 사는 것인지
항상 생각하며 살아야겠어요.

아빠 새 인간 중에서 공자라는 분은 사람답게 사는 것이 가장 잘
사는 것이고, 모든 배움의 궁극의 목표는 사람다워지는 것
이라 했단다.

다 뭐꼬

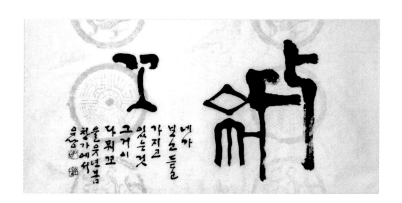

아빠 새 그래서 아빠도, 우리가 산다는 것은 의미를 찾아가는 여행
이며, 가치를 참조하는 과정이라고 생각한단다.

아기 새 모든 인간이나 새들도 어디에 가치를 두느냐가 중요할 것
같아요.

달팽이 뿔

아빠 새 요즘 인간들이 살아가는 모습을 좀 보아라. 모든 가치를 물
질과 권리에 두고 있기 때문에 그들은 항상 싸우고 있단다.

아기 새 인간들에게 곳간이 없어지면 싸움도 없어질까요?

내려오는 법

내 속에 아름다움
이 있으면
세상의
아름다움이
보인다
우당이봉연

아기 새 인간들은 머리가 참 나쁜가 봐요. 높이 오르려다가 한꺼번에
쏟아져 내리는 것을 보면서도 자꾸 높이만 오르려고 해요.

아빠 새 인간들은 높고 위험한 곳으로 오르려는 욕심 때문에 어떻
게 내려오는가에는 신경을 쓰지 않는구나.

고개를 숙여야

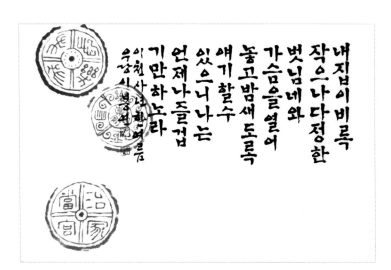

내집이비록
작으나다정한
벗님네와
가슴을열어
놓고밤새도록
애기할수
있으니나는
언제나즐겁
기만하노라
이천사명헌여름
우암선생여름글

아기 새 저희들은 가시넝쿨 속으로도 자유롭게 드나드는데 인간들은 대궐 같은 집에 살면서도 항상 부딪히며 살아요.

아빠 새 고개를 숙일 줄 모르는 인간들은 항상 그렇게 부딪히며 살아간단다.

긍정적 사고

아기 새 우리가 아무리 즐겁게 노래를 불러 주어도 인간들은 우리
가 운다고 말해요.

아빠 새 마음에 불평불만으로 차 있고 매사에 부정적인 인간들은
스스로 지옥을 만들어 살면서 사는 게 지옥 같다고 말한
단다.

조심

눈을 조심
하여 남의
그릇됨을
보지 말고
입을 조심
하여 실없
는 말을
하여 실착
지 말고
하고 바른
말을 하여
야 하느니

일천구백구십육년 봄 우당이보연

아기 새 살다 보면 가끔 실수를 하게 돼요.

아빠 새 우리는 누구나 실수를 할 수 있단다. 그러나 같은 실수를 반복하면 그것은 안 된다.

군자

군자와 선비는 물
기에게 책임을 물
늘 사람이다

아기 새 늘 책임질 수 있는 말과 행동을 해야 될 것 같은데 그것이 쉽지 않아요.

아빠 새 현명한 새는 남을 탓하지 않고 하늘을 원망하지 않는단다.

향기로운

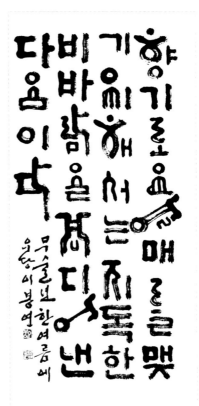

아기 새 나의 운명은 결국 내가 만들어 가야 하는 것 같아요.

아빠 새 향기로운 열매를 맺기 위해서는 지독한 비바람을 견뎌 낸 다음에 오는 것처럼 나의 향기도 그렇게 내가 만드는 거란다.

감사하는 마음

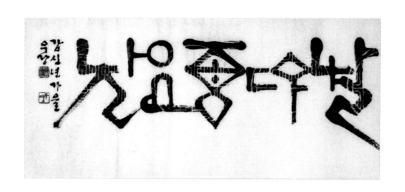

아기 새 복도 자기가 만들고 화도 자기가 만들게 되나 봐요.

아빠 새 감사할 줄 알고 선한 일을 쌓아가면 감사함은 꽃이 되고 선한 일은 복이 된단다.

각자의 향기 2

낙엽지는
창가단주를
헤아리듯
붓을고르면
휘영청
달이밝아
화선지에
가득히
부끄럼만
번진다
서예하는여인을짓고
가려쓰다 우딩

아기 새 다들 잘하는 것 같은데 저만 초라해 보여요.

아빠 새 너에게는 너만이 갖고 있는 그윽한 향기가 있단다. 너 같은
존재는 이 세상에 너 하나밖에 없다.

행동

아빠 새 나의 가치는 내가 어떤 위치에 있느냐가 아니라 어떤 생각
을 하고 어떤 일을 하느냐에 달려 있다.

아기 새 생각을 행동으로 옮기는 게 너무 힘들어요.

지나친 열정

아빠 새 가끔은 나의 지나친 열정 때문에 상대방을 보지 못하고 살아가는 경우도 있단다.

아기 새 가끔은 지나치게 서두르는 삶보다 한결같은 마음으로 진솔하게 살아가는 모습이 아름다워요.

각자의 향기 3

아기 새 어떤 친구는 남다른 독특한 향기가 있어요. 그런 친구는 생각만 해도 기쁨이 솟구쳐요.

아빠 새 거문고 줄은 서로 떨어져 각자의 소리를 내며 울리고, 그 각자의 소리가 조화를 이루어 아름답단다.

꽃동산

아기 새 우리가 세상을 살면서 혼자만 뚜렷해지려고 욕심을 내면
친구와의 거리가 멀어질 것 같아요.

아빠 새 우리는 이 세상 모든 관계 속에서 얽히고설켜서 이루어진
것이다. 그것이 세상 속에 있는 우리의 존재란다.

종소리

아기 새 우리는 가끔 무엇을 가장 소중하게 여기며 살아야 할지 고민하게 돼요.

아빠 새 우리가 살면서 참으로 소중한 것은 사회적 지위나 부의 대소가 아니라 내 자신이 누군지 아는 것이란다.

멀리 생각

아기 새 우리는 늘 새롭게 나를 가꾸어 오늘의 나는 어제의 내가 아니어야 되겠어요.

아빠 새 그렇단다. 우리의 나날은 늘 새롭고 경이롭고 아름답게 가꾸어 나가야 한단다. 그것이 살아가는 이유이기도 하다.

좋은 일

아기 새 아무리 작고 미미하더라도 하루 한가지씩 좋은 일을 쌓아
가면 좋을 것 같아요.

아빠 새 모든 것을 긍정적으로 생각하며 좋은 일을 쌓아가면 그가
서 있는 자리마다 향기로운 꽃이 피어난단다.

제2부

누구나 외로워요

외로움

아기 새 살아가는 자체가 가끔씩 외로움을 느끼나 봐요. 꽃을 보고
도 눈물이 날 때가 있어요.

아빠 새 우리는 알에서 깨어날 때부터 외로움을 동반하고 태어난
단다.

별도 달도

아빠 새 그래서 우리는 좋은 친구를 그리워하며 좋은 취미 활동을 통하여 그 외로움을 잊으려 하기도 한다.

아기 새 누구나 다 좋은 친구를 원하는데 또 누구나 다 좋은 친구를 만나기 쉽지 않아요.

행복의 길

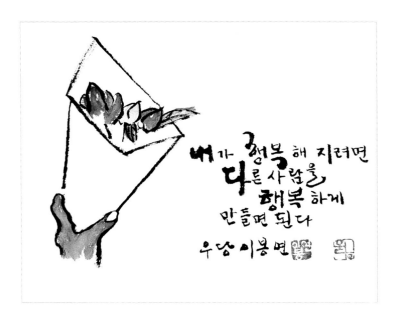

아빠 새 좋은 친구를 만나기 위해서는 내가 먼저 좋은 친구가 되는
거란다.

아기 새 좋은 친구가 있다는 건 그 자체로 아름답고 행복한 일인 것
같아요.

너만 있으면

아기 새 해가 지면 이 숲속에 촛불을 켜 놓고 같이 차를 마실 수 있
는 친구가 있으면 좋겠어요.

아빠 새 그래도 가끔씩 반딧불이가 찾아와 너를 위해 불을 밝혀 주
고 있지 않니?

보고 싶은 마음

아기 새 참 좋은 친구였어요. 봄이 간 후에야 봄이 그리워지는 것처럼, 친구가 없으니 친구가 그리워져요.

아빠 새 이제 첫눈이 내릴 때 같이 차를 마시고 싶은 친구를 생각해 보아라.

마음

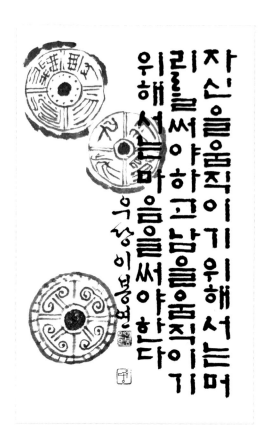

아빠 새 좋은 삶은 만남 속에서 이루어진다. 누구를 만나느냐에 따라 나의 모습과 삶의 깊이가 달라진단다.

아기 새 진실한 삶은 그 진솔함이 자연스럽게 우러나와 내면의 향기가 주변에 번지는 것 같아요.

친구

아기 새 좋은 친구는 멀리 있어도 가까이 있는 것 같아요.

아빠 새 그렇구나. 친구와 친구 사이는 거리가 아니라 마음에 있는
것 같구나.

하늘을 나는 새

아기 새 재미있는 일을 하는 것보다 하는 일을 재미있게 여기면 마음이 즐거워요.

아빠 새 참 좋은 얘기다. 삶에 재미가 없다는 것은 삶에 진지하게 임하지 않았기 때문일 거야.

재미있는 일

아기 새 하는 일에 여유를 가지고 재미있다고 생각하면, 그 순간부
터 즐겁고 행복해져요.

아빠 새 음악이 아름다운 이유는 음표와 음표 사이에 쉼표가 있기
때문이란다. 삶이 아름다우려면 조금씩 쉬면서 여유로운
마음을 배우는 것이다.

자유

모든 번뇌와
삶의 무게를
벗어 놓고
평화롭게
살아 가는
데 자유

우향 印

아기 새 멋지게 날던 선배 새들도 가끔씩 나뭇가지에서 깃털을 고
르고 있는 게 보여요.

아빠 새 세상과 환경이 나를 바쁘게 하는 것이 아니라 내가 스스로
바쁘게 살기 때문이다. 깃털을 고르는 마음으로 여유를 즐
기는 것도 중요하다.

안다는 것

아기 새 아빠 말씀이 조금씩 들리는 것 같아요.

아빠 새 조금씩 알아 간다는 것은, 내가 모르는 것이 너무 많다는 것도 알게 되는 것이란다.

군자의 길

군자의 길은
어린숙해 보이지만
날로 차츰 빛을 발하고
소인의 길은
화려해 보이지만
날로 차츰 빛을 잃는다
정용에서 수상

아기 새 그래서 어른 새들은 그 행동이 침착하고 조심스러워 보여
요.

아빠 새 나이가 든다는 것은 가끔씩 그냥 삼키며 웃어넘길 도량을
기르는 것이란다.

주는 마음

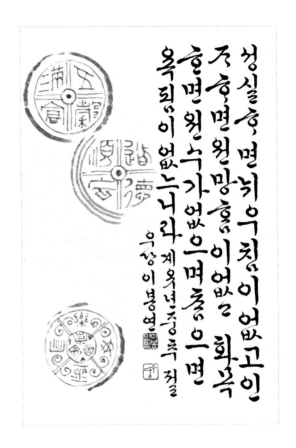

성실성 면뇌우칠이 없고 인
주승면 원망훌이 없 화복
현면 원 사가 없으며 홀으면
옥핍이 없느니라 채옥면정록 칠
우상이병연[인장]
[인장]

아빠 새 나를 나답게 만드는 것은 살아온 경험을 통해 부단히 만들어 가는 노력이 필요하단다.

아기 새 가끔은 주는 것만큼 꼭 받아야 한다는 생각보다 그냥 주어야 하기 때문에 더 주고 싶어요.

새 아침

아기 새 매일 매일 새로운 마음으로 나를 살피고 그날의 계획을 세우며 살아야겠어요.

아빠 새 오늘 새벽은 아직 열어보지 않은 귀한 선물이다. 정성껏 포장을 풀고 가장 고귀한 시간으로 가꾸어 가야 할 것이다.

처음처럼

아기 새 다가오는 하루하루만이라도 곱게 가꾸고 다듬어 나가야겠
어요.

아빠 새 피아노 건반 하나하나를 제대로 치면 훌륭한 음악이 되는
것과 같이 하루하루를 제대로 살면 평생이 아름답고 멋진
날로 이어질 것이다.

행동

아기 새 그런 줄 알면서도 실행이 어려워요. 안다는 것과 행한다는 것은 많은 차이가 있어요.

아빠 새 의무감에서 행하는 것이 아니라 나에게 주어진 일을 선택하여 스스로 즐긴다고 느낄 때 나는 비로소 삶의 주인이 될 수 있단다.

꿈은

아기 새 지금부터라도 소소한 것에 관심을 가지고 열심히 살아 보아야겠어요.

아빠 새 늦게 시작하여 더디게 가더라도 한번 더워진 마음은 끝까지 변치 않을 때 무엇을 이룰 수 있다.

씨 뿌려 거두시고

아기 새 내가 성공했을 때 나의 멋진 모습을 그려보며 묵묵히 행해 가야겠어요.

아빠 새 누구나 태어날 때는 똑같이 태어나지만, 세월이 지나면 세 상에 똑같은 새는 없다. 그것은 바로 자신을 어떻게 관리하 느냐에 달려 있는 것이다.

노력의 대가

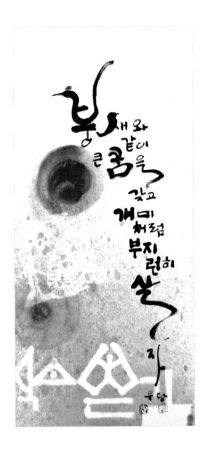

아기 새 누구나 노력하는 것만큼 이룰 수 있겠어요.

아빠 새 신은 능력 없는 새를 내보내지 않는다. 신이 주신 능력은 개발하지 않고 방관하는 것만큼 어리석은 삶도 없다.

오동은

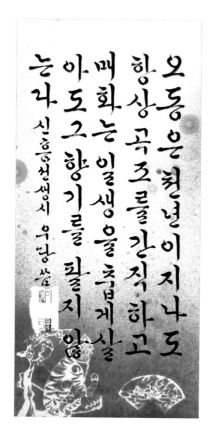

오동은 천년이 지나도 항상 곡조를 간직하고 매화는 일생을 춥게 살아도 그 향기를 팔지 않는다 신흠선생시 우당 쓴

아기 새 가끔씩 적당히 타협하고 그냥 설렁설렁 살아가는 것이 쉬울 것 같아요. 옳은 길을 간다는 건 너무 외로워요.

아빠 새 쉽다고 하여 한번 발을 잘못 들여놓으면 만 길 낭떠러지 아래로 굴러떨어지게 되며, 옳은 길이 어렵다고 한 발 뒤로 물러서면 끝내 헤어나지 못하게 된단다.

아름다운 열매

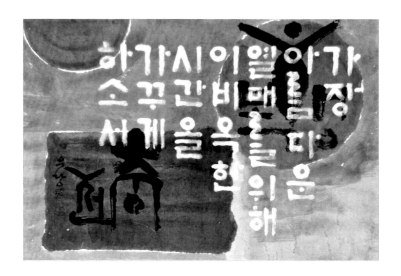

아빠 새 세상은 누구나 외롭지만 어떤 새들은 그 외로움만큼 열심히 살고 세상의 본보기가 되기도 한단다.

아기 새 살아가는 모습들은 다 다양하고 나름대로의 열매와 향기를 만들어 가고 있어요.

찔레꽃

신작로를
조금지나
달이
돌아가는
모퉁이
작은 초가집
한 채
목물을 마치
고 들어서는
소녀의
하얀 꿈빛

우당 이봉연
찔레꽃에 대해 짓고
그 일부를 가려 쓰다

아빠 새 들판의 꽃들을 보아라. 꽃들은 누구를 닮으려 하지 않고 나름대로 피어나 그 다양함이 조화를 이루니 그렇게 아름답단다.

아기 새 남아 있는 날들이라도 내 계획과 방식대로 열심히 만들어 가야 하겠어요.

소망

아빠 새 내 삶 최고의 날은 지금부터 살아나갈 앞날에 있단다. 그것
을 찾는 것은 나의 생각과 실천에 있다.

아기 새 가끔은 고요한 시간에 홀로 앉아 어떻게 사는 것이 잘 사
는 것인가 생각해 보아야겠어요.

향기로운

아빠 새 비우고, 낮아지고 남을 먼저 보내는 삶은 보이지 않는 데서도 진정한 향기를 내는 삶이란다.

아기 새 그냥 옆에만 있어 주어도 그 가슴 밑바탕에서 은은한 향기가 느껴지는 친구도 있어요.

다름 인정

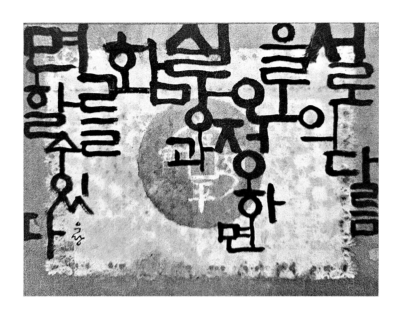

아기 새 서로의 다름을 인정하면 실망과 화를 면할 수 있을 것 같아요.

아빠 새 우리가 외로운 이유는 길을 만들 자리에 담을 쌓기 때문이란다. 다른 것과 틀린 것을 분명히 알고 대처하는 것도 중요하다.

마음 살핌

밤이 깊어

있을 때

고요함

홀로

앉아

마음을

살피면

모과

비로소

허망이

사라지고

자신이

나안의

남을

깨닫게 된다.

아기 새 아무리 최선을 다해 노력해도 가끔은 안 되는 일도 있어요.

아빠 새 언제나 성공만 바라지 마라. 아무리 노력해도 안 되는 일이 있다는 것을 알면 마음이 편치 않겠느냐. 노력해도 안 되면 그냥 놓아 주어라.

봄날을

봄날을 생각하여 낙낙가지를 가득 넣라 마음 가지를 잘하 넣라 능버진 벚꽃 이 바다 큰 일렁이면서 넘쳐 나와서 두 볼을 부벼실었으며 고운 냉음주선사 발 에 넌지 도록 피움을 울머리라 오늘같이 따듯 부는 낼음 낙낙가지를 가득 넣라 마 음의 겹가지를 잘하 넣라 어우러 잘하넣라 가득에도 넣넘은 후린 마음 많아 지, 않아 세상보는 눈 맞잇 흐리고 멀어 나누의 가운데 드를기 한 남기 독하게 잘하넣라 더 깊은 꽃을에 피워 고운님 꽃길에라 오시라 앞산이 황연 🔲

아기 새 열심히 행동하는 삶은 그것 자체로 참 대단하게 보여요.

아빠 새 홀로 자기 세계를 가꾸면서 그것을 함께 할 친구가 있다면 더없이 좋겠구나. 우리의 삶은 모두가 귀하고 아름다운 것 이란다.

화목

아기 새 좋은 친구와의 만남에는 서로의 생각을 주고받을 수 있어
야 할 것 같아요.

아빠 새 행복은 함께 누려야 하고 외로움은 서로 손 잡아 주어 같
이 일어서면 좋겠구나.

바라보는

아기 새 어떤 친구는 가을 하늘처럼 맑아 보일 때가 있어요. 그런
친구에게서는 하늘 향기를 느껴요.

아빠 새 밝은 삶과 어두운 삶은 자신의 마음이 밝은가 어두운가에
달려 있단다. 내가 밝게 살면 다른 친구도 나에게서 하늘
냄새를 느낄 수 있단다.

웃는 하루

아기 새 자신의 얼굴을 찌푸리면서 남들이 따라오기를 기다릴 수는 없을 것 같아요.

아빠 새 우리가 살면서 가장 헛되이 보낸 날은 웃지 않고 보낸 날이란다.

맑고 한가한

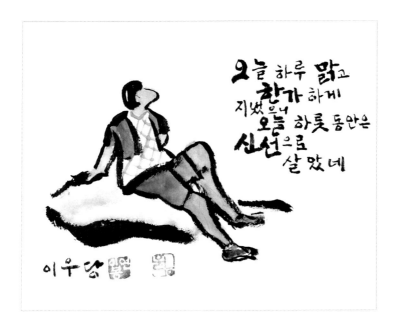

오늘 하루 맑고
한가 하게
지냈으니 오늘 하룻 동안은
신선으로
살았네

이우당

아기 새 여유는 시간 속에 있는 게 아니라 각자의 마음속에 있다고
하셨지요.

아빠 새 시간은 늘 같은 속도로 흐르는데 내가 서둘러 가려니까 세
월이 빠른 것 같단다.

성 안 내는

성안내는그얼굴이
참다운공양구요
부드러운말한마디
미묘한향이로다
깨끗해티가없는
진실한그마음이
언제나한결같은
부처님마음일세

갑신년한여름에
우암이봉연씀

아기 새 좋은 관계란 애정과 관심으로 보살펴 주고 진정으로 사랑
하는 사이에서 이루어지겠지요.

아빠 새 서로 바라보고 평생 함께 갈 수 있는 관계는 그냥 이루어지
는 것이 아니라 아낌없이 주고받는 따뜻한 정으로 성립되
는 거란다.

보고 싶다

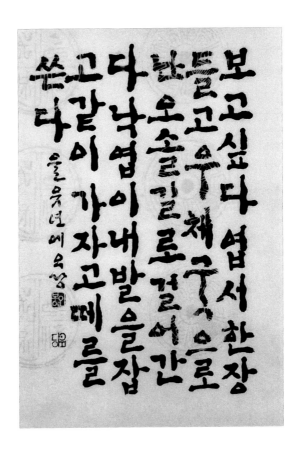

보고 싶다 엽서 한 장
들고 우채구츳으로
난 오솔길로 걸어간
다 낙엽이 내 발을 잡
고 같이 가자고 떼를
쓴다

울웃년에 옥섬

아기 새 우리가 가는 길이 외롭지 말라고 사랑하는 친구를 보내 주
신 것 같아요.

아빠 새 먼 길을 가려면 편한 신발이 필요한 것처럼 우리가 사는
길도 좋은 친구가 필요하단다. 그런 인연은 내가 만드는 것
이다.

그리운 마음

아기 새 그리워하고 기다려지는 마음은 결국 사랑의 다른 표현인
가 봐요.

아빠 새 사랑은 베풀수록 더 애틋하고 몸은 낮출수록 더 진실해지
며 마음은 비울수록 더 편안해지는 거란다.

아름다운 꽃도

아기 새 멀리서 바라보면 다들 행복한 것처럼 보이지만 가까이서 들여다보면 다들 외로워하는 것 같아요.

아빠 새 출렁이지 않는 삶이 어디 있겠느냐. 가끔은 커피 한잔 앞에 두고 그 외로움을 즐길 줄 아는 것도 하나의 지혜란다.

도리

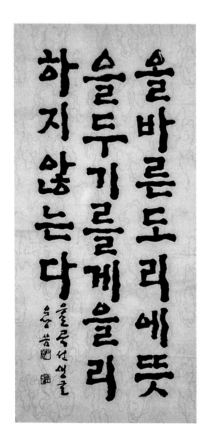

아기 새 어떤 친구들은 자기 아집에 스스로 갇혀서 삶은 쓸쓸하고
외롭다고 말해요.

아빠 새 끊임없이 불평하고 쓸데없는 걱정에 사로잡히는 것보다 자
신이 좋아하는 일에 전념하고 즐길 줄 아는 삶이 중요하다.

참 좋은 아침

아기 새 오늘을 소중하게 받아들이고 기뻐하는 마음은, 다가오는
　　　내일도 뜻깊게 보낼 수 있을 것 같아요.

아빠 새 지금 지나가고 있는 순간에도 수없이 소중한 별들이 반짝
　　　인단다. 그 많은 별을 어떻게 바라보는가가 우리 삶의 지혜
　　　란다.

기쁜 날

아기 새 지나간 어제를 아쉬워하지 말고 주어진 오늘을 가꾸고 즐기며 사랑해야 하겠어요.

아빠 새 주어진 오늘을 기뻐하고 아끼면 내일은 더 큰 기쁨을 누릴 수 있단다.

제3부

사는 게 힘들지요

소망 2

아빠 새 가끔은 되는 일 하나도 없고, 걱정이 태산 같고 사는 게 힘
들 때가 있다. 그럴 때는 그냥 하늘 한번 쳐다보아라.

아기 새 삶의 목표가 있고 가능성이 있다고 믿는 것 자체가 소중하
고 행복한 삶을 누리는 방법인 것 같아요.

힘차게

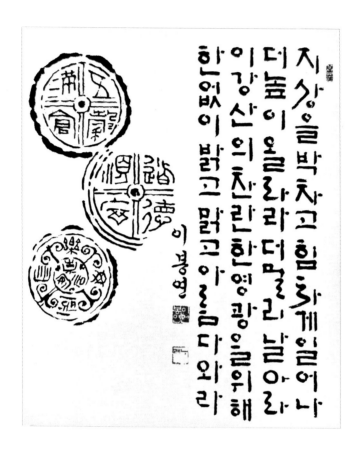

지상을 박차고 힘차게 일어나
더높이 올라라 더멀리 날아라
이 강산의 찬란한 영광을 위해
한없이 밝고 맑고 아름다와라

이병연

아기 새 잠깐씩 쉬더라도 포기하지 않는 꾸준힌 삶이 바람직한 삶
인 것 같아요.

아빠 새 시도해 보지도 않고 나는 할 수 없다고 말하는 것은 이미
할 수 없는 삶이다. 자신의 능력은 자신도 알 수 없다. 시도
해 보아야 알 수 있다.

어둠이

아기 새 앉아서 어둠을 탓하지 말고 일어나 불을 밝혀 길을 찾아야
하겠어요.

아빠 새 몰두하지 않는 자에게 보람된 시간은 오고 싶어도 올 수 없
다고 한다.

길

아기 새 어떨 때는 길을 바로 옆에 두고 그 길을 찾으려 방황할 때
가 있어요.

아빠 새 현명한 자는 항상 배우려 노력하고 가까운 곳에서 길을 찾
는 삶이란다.

천국을 만드는

아기 새 방황하고 힘들 때 손잡아 주는 친구는 평생을 잊지 못할 것 같아요.

아빠 새 처음 친구는 하늘이 만들어 주는 것이지만 인연의 지속은 내가 만들어 가는 것이란다.

그대 마음

그대 마음 청정하고 편벽됨이 없어 각 계를 지킬 필요가 어기잇으면 그 괘 행실 바르기만 하거니 감사하는 이 무슨 소용잇으리 감복모봉양과 공덕을 키우려면 복모봉양과 그러나을 것이 없겠고 믿음과 청의를 실천하려 하면 위 의 아래가 서로 돕고 사 링할 것이니라 우강

아기 새 살아가는 데 좋은 인연을 만나는 것 자체가 큰 행복인 것 같아요.

아빠 새 그렇다. 좋은 인연이란 둘 사이에 사는 하나의 마음과 같은 것 이다. 그런 인연을 위해서는 내가 덕을 쌓으며 오래 찾아야 하 고 그 인연을 유지하기 위해서는 정성을 다해야 하는 것이다.

소망

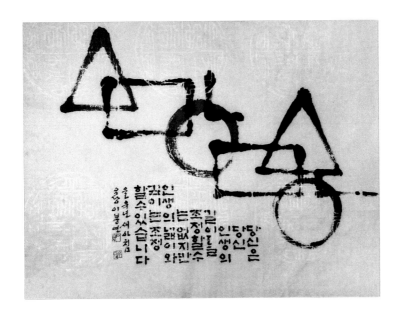

아기 새 나를 나 되게 만들기 위해 열심히 노력하면 어디서든지 깨
　　　　 달음을 얻을 것 같아요.

아빠 새 자신의 삶을 위대하게 만드는 것은 어디에서나 하늘의 목
　　　　 소리를 들을 줄 아는 삶인 것이다.

인간들

원대한 꿈을 꾸되 단계적으로 꿈을 이루어 나가라 단계화가 도구상을 한 후에 하나라 씩 색을 입혀 나간다

아기 새 맹수도 제 종족은 안 잡아먹고 보호하는데 인간들은 돈 때문에 제 부모 형제도 잡아먹는다고 들었어요.

아빠 새 돈을 신으로 모시고 있는 인간들은 모두 제정신이 아니란다. 돈의 교주가 명령을 내리면 못하는 짓이 없단다.

자는 척

아기 새 인간들은 훌륭한 인간을 존경하는 게 아니라 모두 돈을 존
경하며 살아가요.

아빠 새 보고도 볼 줄 모르고 들어도 들을 줄 모르는 저 인간들 세
상이 참으로 걱정스럽구나.

새 마음

아기 새 우리가 보고 배우려고 생각만 하면 어디서든지 보고 느끼고 배울 것이 많아요.

아빠 새 하늘은 멀리 있는 것이 아니라 세상의 온 천지에 다 계신단다. 우리가 내 삶을 정성껏 가꾸고 진실하게 살아가겠다는 마음이 필요하다.

마음

아기 새 마음 하나가 자신을 바꾸고 삶을 바꾸고 세상을 바꾸게 되
나 봐요.

아빠 새 지금 우리가 보고 있는 것이 내 삶의 마지막 순간이라고 생
각하면 삶 자체가 얼마나 아름답고 신비스럽겠느냐.

남을 위하는 마음

하늘이준 처음 만남을
정성을 다해 향기로 피우자
우당 이봉연

아기 새 살아갈 때에 가끔은 다른 친구를 위하는 것이 곧 나를 위
하는 길이 되는 것 같아요.

아빠 새 내가 다른 이의 길을 위해 등불을 밝혀 든다면 나의 길도
밝혀지지 않겠느냐.

알수록

아기 새 나뭇가지에 올라 보니 하늘은 참 넓고 모르는 것이 너무 많아요.

아빠 새 살면서 조금씩 알게 되면 내가 모르는 것이 많다는 것도 알게 되고 무엇이 중요하고 무엇이 옳은 길인 줄도 알게 된단다.

코스모스

■ 코스모스 · 80×80㎝

아기 새 오늘은 처음 보는 친구들도 많이 만나서 각자 자기들 고향 얘기도 했어요.

아빠 새 우리는 어디서 온 것이 중요한 게 아니라 어디로 어떻게 가려고 하는가가 더 중요한 것이란다.

성공적인 만남

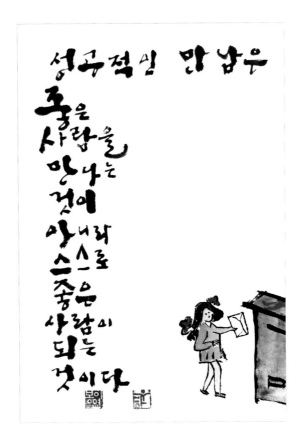

아기 새 남이 하는 얘기를 귀담아듣는 것도 많은 도움이 되어요.

아빠 새 남이 내게 하는 비평을 진지하게 듣고 지혜롭게 판단하는
것이 현명한 일이란다.

힘찬

아기 새 진작 알았으면 참 좋았을 걸 항상 후회하게 되어요.

아빠 새 지금도 늦지 않았어. 다시 하면 돼. 지나온 길은 다시 갈 수 없으니 포기하고 앞으로의 날들을 설계하면 돼.

믿음

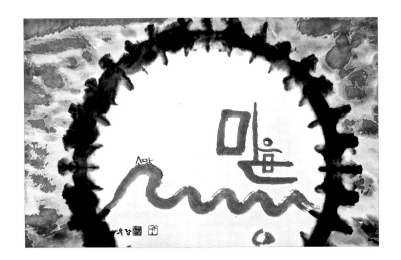

아기 새 시간이 없다고 말하는 것이야말로 가장 어리석은 변명이래요.

아빠 새 뜻을 이룬 이들의 공통점은 처음 마음 그대로 꾸준하게 지속하는 것이다.

뿌리 깊은

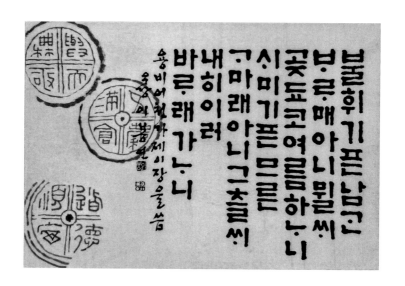

아기 새 자기 자신에게 진실된 삶을 사는 이들은 남의 비평과 성공에 신경을 쓰지 않아요.

아빠 새 진실한 삶을 위해서는 어느 순간도 헛되이 보낼 틈조차 없다, 모든 순간이 다 소중하기 때문이다.

미래는

아기 새 가끔은 고요히 자신의 영혼이 말하는 소리를 듣고 생각하고 행동해야겠어요.

아빠 새 느끼고 생각만 한다고 꿈이 저절로 이루어지지는 않는다, 아무리 좋은 생각도 실행해야 이루어지는 거란다.

산다는 것

아기 새 어떤 일에도 불구하고 부딪히며 꿋꿋하게 나가는 친구가
참 돋보일 때가 있어요.

아빠 새 나의 운명을 바꾸는 것은 결국 나 자신이란다. 남을 판단하
지 말고 항상 나를 돌아보는 것이 중요하다.

마음먹은 만큼

행복하기로 **마음** 먹은 **만큼**
행복해 진다∼

우당 이봉연

아빠 새 삶의 기적은 어디에나 있다. 관심을 가지고 살펴보면 가까운 데서 기적을 발견할 수 있다.

아기 새 우리가 무심히 보고 지나가던 것도 사진작가들은 훌륭한 작품을 만들어 내요. 그만큼 관심을 가지고 보면 중요한 것이 보이나 봐요.

우물 파

아빠 새 그러나 너무 이기는 것만 알고 지는 것을 모른다면 언젠가
는 화가 미칠 수 있다.

아기 새 가끔은 바람 부는 대로 흘러가는 구름이 참 여유롭고 평화
로워요.

기쁜 날

아기 새 지금 이 시간을 나에게 주어진 가장 귀중한 선물이라고 받
아들여야 하겠어요.

아빠 새 이 시간을 즐기지 못한다면 내일도 행복할 수 없단다.

쉴 만한 곳

아기 새 삶은 경주가 아니라 즐기며 살아가는 여행이라고 생각하면
좋겠어요.

아빠 새 자연에서 느끼고 자신의 직관에 귀 기울이면서 평화롭게
살아간다면 언젠가는 중요한 것들을 만날 수 있단다.

평화

아빠 새 네 곁에는 언제나 아빠가 있단다. 가끔은 한가로이 앉아 그 윽이 사는 멋을 즐기며 남들이 알아주고 몰라주는 것에 신 경 쓰지 말고 평화롭게 살아가면 그게 행복이란다.

아기 새 삶에 있어서 아름다운 것을 아름답게 느낄 때 보람이고 행 복인 것 같아요.

미움에는

아기 새 산다는 것은 작은 오해와 인연을 맺거나 풀어가는 과정인
것 같아요.

아빠 새 살면서 제일 큰 잘못은 내 잘못을 내가 잘 모르는 잘못이
란다.

그칠 줄 모르는

아기 새 아무리 노력해도 안 될 때가 있어요.

아빠 새 무엇을 해도 생각대로 다 이루어지지는 않는다는 것을 알
면 후회할 이유도 없지 않겠느냐.

사랑은

아기 새 참는다는 건 삶을 큰 문제 없이 오래 갈 수 있게 하는 근본이 되는 것 같아요.

아빠 새 나를 탓할 뿐 남을 탓하지 말거라. 모든 것은 다 내가 한 결과이니라.

참 좋은 당신

아기 새 가까이 있는 친구를 즐겁게 했더니 멀리 있는 친구도 몰려 왔어요.

아빠 새 우리는 똑똑한 친구보다는 마음을 알아주는 친구를 좋아 하고, 모든 걸 다 갖춘 친구보다는 진실한 친구를 좋아한 단다.

멋진 하루

아기 새 미루지 말고 지금 이 시간을 정성껏 가꾸어야겠어요.

아빠 새 지혜로운 삶은 어제를 후회하지 않고 내일을 걱정하지 않으며 오늘에 최선을 다하는 것이란다.

봄이 왔어요

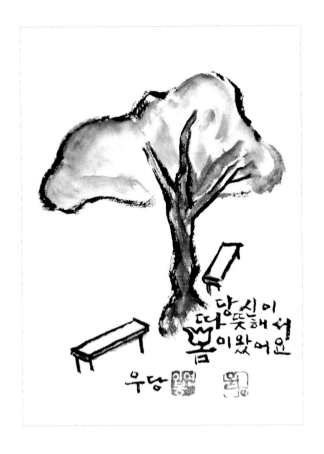

아기 새 많은 친구를 만나서 여러 얘기를 들어보면 그 가운데 배우
는 것도 많아요.

아빠 새 살면서 좋은 친구가 필요하다. 친구가 없다는 건 위로받고
생각하고 판단할 기회를 잃는 것이다.

꿈꾸는 대로

아기 새 관심을 가지고 지켜보면 주변에서도 배울 것이 참 많아요.

아빠 새 가끔은 등불을 들고 불씨를 구하려고 멀리까지 가는 어리석음을 범하기도 한단다.

진짜 행복

아기 새 주어진 시간을 어떻게 보내어야 하는 것도 중요한 것 같아요.

아빠 새 평범한 삶은 시간을 소비하는 데 마음을 쓰고 지혜로운 삶은 시간을 활용하는 데 마음을 쓰는 것이라고 한다.

살아오며

아기 새 가끔은 내 자신도 놀랄 정도로 다른 모습으로 살아갈 때가
있어요.

아빠 새 그래서 가끔은 하늘을 보아야 한단다. 앞만 보고 달리다가
엉뚱한 곳으로 갈 수도 있으니까.

보이지 않는 것

아기 새 하늘은 어떤 분이에요.

아빠 새 가끔씩 내가 가는 길이 바른 길인가를 판단하게 하기도 하고, 내가 힘들고 외로울 때 큰 위로를 주기도 한단다.

고요

아기 새 오직 사랑하는 마음으로 물 흐르듯 구름 가듯 그냥 그렇게
사는 것이 평화로워 보여요.

아빠 새 자연은 각자의 모습으로 태어나서 서로 조화를 이루며 살
기에 고요하고 평화롭단다.

새 아침

새아침 새빛으로
만복을 누리소서 우단 이봉연

아기 새 하루하루 새로운 아침이 찾아오는 것은 날마다 새로운 기
쁨을 누리라는 뜻인 것 같아요.

아빠 새 그렇단다. 우리 일생에서 오늘은 다시 오지 않으니 후회 없
이 오늘을 디자인하고 멋지고 아름답게 보내야 한다.

근본

글을읽는것은
집을들임이키는
근본이며
올바름이치에
따르는것은
집을보존하는
근본이오
부지런하고
검소함은
집을다스리는
근본이고
화목하고
순종하는것은
집을편케하는
근본이다
계유년벼이가을
이봉연

아기 새　가끔씩은 내가 원하는 진정한 삶이 무엇인지 생각하는 시간이 필요할 것 같아요.

아빠 새　그렇구나. 먼저 나를 찾고 오늘 내가 여기 살아 있는 이유와 경이로움을 생각하며 나를 다스릴 줄 아는 지혜를 터득하는 것이 중요하단다.

제 **4** 부

말을 들으면 사람이 보여요

말의 온도

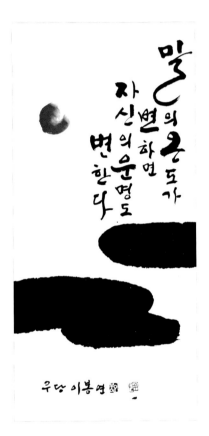

말의 온도가
변하면
자신의 운명도
변한다

우당 이봉연

아기 새 어떤 친구들은 아는 것도 많고 말도 아주 잘해요.

아빠 새 말을 잘하는 것도 좋지만 남의 말을 잘 들어주는 것도 좋
단다.

때에 맞는 말

아기 새 다정하게 말하는 친구들의 입술은 꽃처럼 예쁘게 보여요.

아빠 새 말은 진실하고 신의가 있으며 행동은 진지하고 경건하게 하는 것이 좋겠구나.

칭찬

아기 새 이쁜 말을 들으면 기분이 좋아져요.

아빠 새 맑고 신나고 긍정적인 말은 하루를 밝게 열어 주는 기쁨의
열쇠가 되기도 한단다.

허물을

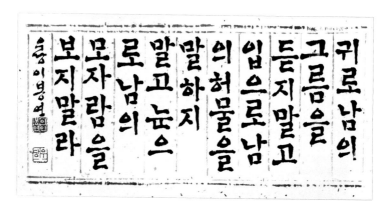

귀로 남의 그름을 듣지 말고 입으로 남의 허물을 말하지 말고 눈으로 남의 모자람을 보지 말라

아기 새 의미 있는 말을 들으면 오래도록 기억되고 자신을 돌아보게 돼요.

아빠 새 호수에 돌을 던지면 파장이 일 듯 주변에 던진 말의 파장은 누구의 운명을 결정짓기도 한단다.

부드러운 말

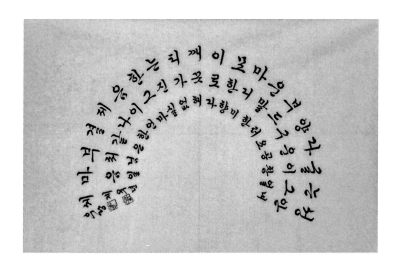

아기 새 말을 진실하고 예쁘게 하는 법도 배워야겠어요.

아빠 새 말의 빛깔이 변하면 운명의 빛깔도 변한다고 하더구나.

말의 온도 2

아기 새 말은 가능하면 긍정적이고 신나게 표현해야겠어요.

아빠 새 부정적인 말은 오는 복도 쫓아내고 긍정적인 말은 가던 복
도 다시 돌아 온다고 한다.

경청

아기 새 앞으로는 남이 하는 말을 잘 들어주어야 하겠어요.

아빠 새 가끔은 눈이 하는 말이 입이 하는 말보다 더 정겹고 뜨겁게 느껴지기도 한단다.

허물을 말라

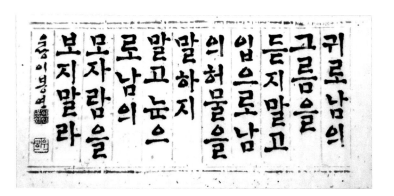

아기 새 말은 정성스럽고 진실하게 해야 할 것 같아요.

아빠 새 차가운 말이 상대방의 가슴을 얼게 하지만 너무 뜨거운 말
은 상대방의 마음에 화상을 입힐 수도 있단다.

은혜스러운 말

아기 새 아무리 옳은 말이라도 가려서 해야겠어요.

아빠 새 그렇다. 옳은 말이라도 그 말에 맞으면 아픈 사람이 있단다.

개성 있는 말

아기 새 말하는 것을 들어보면 상대의 생각과 성품을 알 수 있을 것 같아요.

아빠 새 스스로 원하든 원하지 않든 말 한마디로 자기의 초상을 그려 놓는다고 한다.

다정한 말

아침에는 밝은 햇살로 일으키시고 저녁에 창을 열면면 영롱한 별이 되어 거를 지켜 주십니다. 인자한 모습은 꽃으로 어리고 다정한 말씀은 종소리로 나가 왜 언제나 거를 잡아 주십니까.

어머니에게 했지고 쓰다 으앙이 봉연

아기 새 그간 생각 없이 많은 말을 했는데 이제부터라도 조심해야겠어요.

아빠 새 그래, 따뜻한 말 한마디가 삶에 깊이를 더해 주고, 만남에 향기를 뿌려준다고 한다.

말의 흐름

아기 새 우리가 일상 시 생각 없이 하는 많은 말이 꽃이 되기도 하고 가시가 되기도 해요.

아빠 새 그래서 혼자 있을 때는 자기 마음의 흐름을 살피고 함께 있을 때는 자기가 해야 할 말의 흐름을 살피는 게 중요하다.

자비

성안내는 그 얼굴이
참다운 공양구요
부드러운 말 한마디
미묘한 향이로다
문수동자 재등 일구
무강 이봉열

아기 새 같은 내용의 말이라도 어떻게 표현하느냐에 따라서 삶의 색깔이 달리 보여요.

아빠 새 휴가가 무조건 쉬고 노는 것이 아니라, 거르고 비워 내는 일인 것처럼 말도 거르고 다듬어야 한단다.

변명

말이
많아서
말이
없는세상
말을해도
말로 듣지
못하는
세상

이봉연

아기 새 어떤 친구는 말을 하지 않고 있어도 그에게서 많은 것을 듣고 있는 것 같아요.

아빠 새 우리에게 가장 깊은 감정의 울림은 말이 아닌 침묵에 자리하고 있단다.

진솔한 말

진솔한 말한마디가
꽃잎보다 아름답다
우당 이봉연

아기 새 가끔은 입술에서 말의 흔적을 상상하기도 해요.

아빠 새 어떤 친구들의 진솔한 얘기들은 좋은 악기로 연주하는 것
과 같은 깊은 매력을 느낀단다.

말의 씨

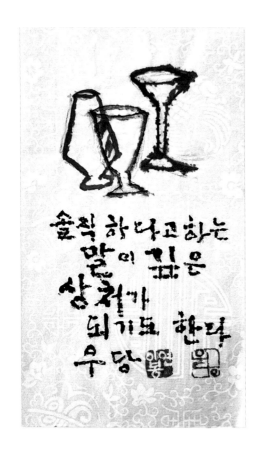

아기 새 가끔은 솔직하다고 하면서 너무 무례한 말을 하는 친구들
도 있어요.

아빠 새 칼에 베인 상처는 며칠 만에 낫지만 말에 베인 상처는 평
생을 가기도 한다. 좋은 언어의 습관을 위해서 말씨를 잘
뿌리는 연습도 필요하다.

순수한 종교

아기 새 어떤 경우는 아무리 노력해도 나의 진심을 다 담아 내기가
힘들어요.

아빠 새 입을 가져도 다 말할 수 없고 귀를 가져도 다 들을 수 없단
다. 가끔은 말보다 묵묵한 행동이 더 큰 울림이 될 수 있다.

말의 표현

아기 새 성숙하게 하는 말은 포도주처럼 향기가 나요.

아빠 새 우리 말의 무늬와 결은 우리가 어떻게 살아가느냐에 따라 달라진다.

말의 향기

아기 새 말도 익혀야 향기가 나나 봐요.

아빠 새 말은 가슴에서 침묵으로 삭혀야 더욱 깊은 맛의 향기를 낼
수 있단다.

말의 힘

따뜻한 말 한마디가 삶을

풍요롭게 한다

수랑

아기 새 삶의 모든 순간이 꽃처럼 예쁘게 피어나는 친구는 얼굴이 예뻐서가 아니라 말을 예쁘게 하는 친구인 것 같아요.

아빠 새 내가 한 따뜻한 말 한마디가 누군가에게는 큰 힘이 되어 그를 다시 일어나게 할 수도 있단다.

은혜스러운 말 2

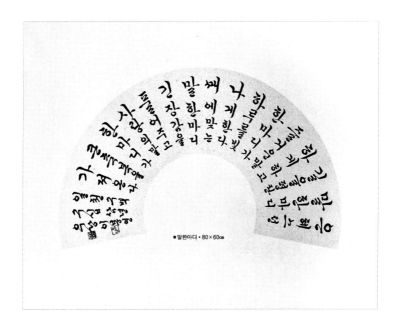

■ 말한마디 · 80×60cm

아기 새 어떤 유순한 말 한마디가 많은 스트레스를 한꺼번에 풀어
주기도 해요.

아빠 새 어떤 말이 남에게 상처를 줄 때는 몇 초밖에 걸리지 않지만
그 상처가 아물기에는 몇 년이 걸리기도 한단다.

성실한 말

아기 새 어떤 친구는 말을 적게 해서 더 성실해 보여요.

아빠 새 어떤 부적합한 말은 담이 되고 성실한 말은 길이 되기도 한
단다.

말 한마디

아기 새 사소한 말 한마디가 좋은 관계에 균열을 가져오기도 해요.

아빠 새 남을 이롭게 하는 말은 솜처럼 따뜻하고 남을 상하게 하는
말은 얼음처럼 싸늘하단다.

말의 향기 2

아기 새 어떤 이의 말이 곧 그의 인격이고 품격인 것 같아요.

아빠 새 말도 꽃처럼 색깔과 향기를 지니고 있단다. 그래서 말은 닦을수록 빛나고 향기가 난다.

말의 힘 2

나의
사소한
말
한마디가
상대의
가슴에
못이
될수있다

우당 이봉연

아기 새 무심히 던져진 나의 말 한마디에 나의 모든 것이 상대의 가
슴에 새겨질 수도 있겠어요.

아빠 새 말은 입에서 나와 허공에서 사라지는 것이 아니라 누군가
의 가슴에 꽃이 되기도 하고 한이 되기도 한단다.

말 잘하기

가끔은 어느 한 말 한마디가 상대의 가슴을 열어 줄 수 있다. 우빵

아기 새 말은 많이 하는 것과 말을 잘한다는 것은 별개인 것 같아요.

아빠 새 가끔은 침묵해라. 침묵의 내면에서 말을 익혀 끌어내야 더욱 깊은 맛을 낸다. 그런 말이 잘하는 말이 아니겠느냐.

듣고 싶은 말

아기 새 누구에게 가장 듣고 싶은 말은 너에게 좋은 친구로 남고 싶
다는 말인 것 같아요.

아빠 새 무슨 말을 어떻게 하느냐에 따라 친구가 지속되고 운명을
바꾸기도 한단다. 가슴이 따뜻한 친구로 남으면 좋겠구나.

한마디 말

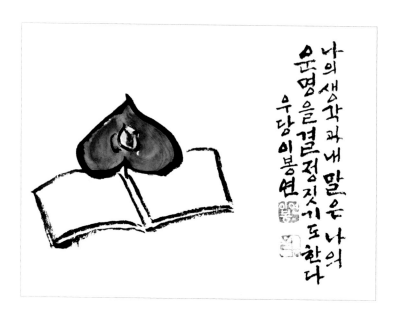

나의 생각과 내 말은 나의
운명을 결정짓기도 한다
우당 이봉연

아기 새 결국 내 생각과 내 말이 내 운명을 결정짓게 되나 봐요.

아빠 새 나의 체취 나의 품격은 나의 입에서 나오는 내 말에 묻어져
나온다고 한다. 그것이 나를 결정짓기도 하겠구나.

입술에서

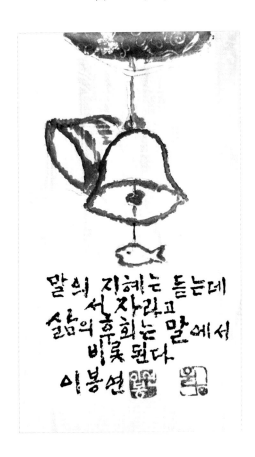

말의 지혜는 듣는데
서 자라고
삶의 후회는 말에서
비롯 된다
이봉선

아기 새 미련한 자의 입술은 곧 그를 친구로부터 멀어지게 하고 그
스스로 고독의 함정에 빠지기도 하겠어요.

아빠 새 삶의 지혜는 듣는 데서 자라고 삶의 후회는 입술에서 비롯
되기도 한단다.

말의 근본

경우에 맞는 분명한 말 한마디가
그를 믿음 있게 한다

우당 이봉연

아기 새 아는 것은 안다 하고 모르는 것을 모른다 하는 것이 말의
근본이라고 들었어요.

아빠 새 경우에 합당하고 분명한 말 한마디는 곧 그를 신용 있는 친
구로 여기기 때문이다.

사랑의 말

희망에 가득찬 말은 그를 신용있게 만든다. 우당 이봉섭

아기 새 믿음으로 가득 찬 말과 사랑으로 충만한 말들이 곧 그를 새
롭게 보이게 해요.

아빠 새 성공한 친구들의 공통점은 희망에 가득 찬 말들과 긍정적
인 말을 많이 하는 친구들이란다.

말의 에너지

아기 새 말도 때로는 많은 에너지가 되어요. 좋은 말로 좋은 에너지를 충전시켜야겠어요.

아빠 새 그래서 아침에 하는 첫마디가 중요하다. 밝고 신나는 말로 좋은 에너지를 충전시키고 신나는 하루를 열어야 한다.

희망찬 말

아기 새 싱그럽고 희망찬 말은 싱그럽고 향기로운 열매를 맺게 되나 봐요.

아빠 새 밝은 음색을 만들어라. 소리 색깔이 변하면 운명의 색깔도 변하게 된단다.

정성스러운 말

아기 새 정성을 다하여 말하면 소망도 이루어질 것 같아요.

아빠 새 말도 각인 효과가 있다. 같은 말이라도 정성스럽게 반복하면 생각대로 이루어진단다.

말의 질서

아기 새 말에도 상대방을 고려하여 질서를 지켜 해야겠어요

아빠 새 새장에서 도망친 새는 잡을 수 있으나 입에서 나온 말은 붙잡을 수 없단다. 항상 신중하고 정성스럽게 해야 하는 이유다.

경청

아기 새 상대 말에 집중하여 경청하면 마음의 소리까지 들리는 것 같아요.

아빠 새 그래서 말도 삭여서 내보내야 한다. 체로 거르듯 곱게 말해 도 불량품이 나올 때가 있더구나.

따뜻한 말

사랑의 말속에는 항상 기쁨이 숨어 있다

우당

아기 새 말을 할 때에는 누군가의 가슴에 꽃씨를 뿌리는 마음으로
정겹게 해야겠어요.

아빠 새 사랑이 깃든 따뜻한 말속에서 기쁨을 찾을 수 있고 사랑이
깃든 말이 우주 전체에 기쁜 에너지가 되어 흐르게 된단다.

자비 2

아기 새 아무리 옳은 말이라도 표현과 방법이 좋지 않으면 듣기가
곤란스러울 때가 있어요.

아빠 새 말의 의미가 가슴 안에서 숙성되어 여과기에서 향기로 흘
러나올 수 있도록 침묵을 배우는 것도 중요한 일이란다.

제5부

삶의 전부는 사랑입니다

사랑

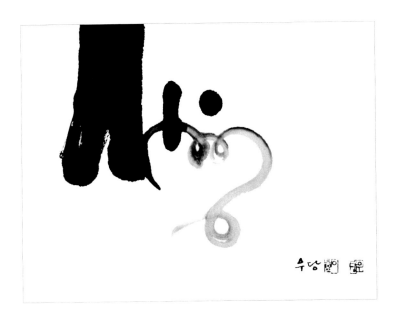

아기 새 가끔은 좋은 모습, 예쁜 모습만 보여 주고 싶은 친구가 있
어요.

아빠 새 그게 사랑하는 마음이란다. 사랑받고 싶다면 먼저 사랑하
고 이쁘게 행동해야겠구나.

참 좋은 당신

아기 새 좋은 친구로부터 힘내라는 말만 들어도 힘이 나요.

아빠 새 손을 잡아 주어도 넘어질 때가 있지만 손을 잡아 주는 친구가 있다는 것만으로도 행복하단다.

사랑 2

아기 새 친구에게 선물을 주는 것 중에서 가장 으뜸 되는 것이 사랑
인가 봐요.

아빠 새 사랑한다는 말은 친구에게 힘을 주고 우리가 지닌 최고의
능력과 장점들을 일깨워 주기도 한단다.

사랑 3

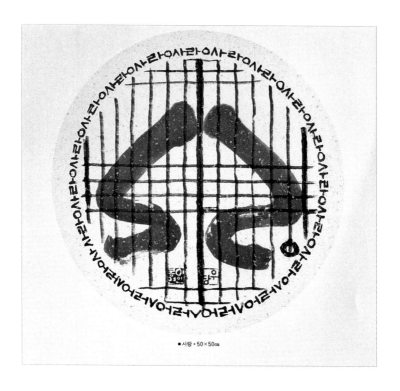

■ 사랑 · 50×50㎝

아기 새 사랑은 서로 이해하고 서로의 불완전한 것을 채워 주며 함께 성숙해지는 건가 봐요.

아빠 새 미숙한 사랑은 당신이 필요해서 사랑한다고 하지만, 성숙한 사랑은 사랑하기 때문에 필요하다고 하는 거란다.

달

아기 새 누군가를 사랑한다는 건 그와 나를 동일시하게 되는 것 같
아요

아빠 새 귀한 인연을 내 몸처럼 아끼고 서로 사랑하는 것이 진정으
로 살아가는 이유이기도 하단다.

사랑 4

아기 새 사랑은 말로 하는 것이 아니라 조용히 실천하며 아끼는 마음으로 살아가는 건가 봐요.

아빠 새 사랑은 끝없는 용서이며 습관으로 굳어진 예쁘고 겸손한 마음이란다.

사랑하는 마음

아기 새 사랑하는 마음으로 가득 차 있을 때 우리들의 삶은 더 향
기롭고 아름다워지는 것 같아요.

아빠 새 사랑은 봄에 피는 꽃과 같이 온갖 것에 희망을 품게 하고
싱그러운 향내를 풍긴다고 한다.

소중한 사람

아기 새 향수를 뿌리지 않아도 그 가슴에서 향기가 솟아 나오는 친구가 있어요.

아빠 새 조건 없이 주는 사랑이야말로 모든 행위 중에서 가장 고결하고 가장 향기로우며 가장 아름다움의 비결이다.

사랑은

사랑은 오래 참고 사랑은 온유하며 투기하는 자가 되지 아니하며 사랑은 자랑하지 아니하며 교만하지 아니하며 무례히 행치 아니하며 자기의 유익을 구하지 아니하며 성내지 아니하며 악한 것을 생각지 아니하며 불의를 기뻐하지 아니하며 진리와 함께 기뻐하고 모든 것을 참으며 모든 것을 믿으며 모든 것을 바라며 모든 것을 견디느니라 사랑장을 적음 우향

아기 새 그래서 세상에서 가장 아름다운 말이 사랑이란 말인 것 같아요.

아빠 새 사랑은 내가 괴롭거나, 상대를 괴롭히거나, 모든 괴로움을 견디며 피워 낸 한 송이 꽃과 같은 것이기에 아름답고 고귀한 것이 아니겠니.

사랑의 아픔

옷깃을 여미고
일필휘지
숨 골라도
뜨거운 가슴은
꽃잎보다
더욱 붉어
풀벌레
소리에도
촛불처럼
일렁인다

서예하는 여인을 짓고
그리움 일부러를 가려 쓰다
우당이 봉연

아기 새 사랑도 가끔 아플 때가 있잖아요.

아빠 새 사랑의 문제로 몸과 마음이 아플 때 가장 확실한 치료법은
한층 더 강하게 사랑하는 것이란다.

사랑은 치료

아기 새 삶의 어려움을 겪을 때도 가장 현명한 치료 방법은 깊고 넓은 사랑으로 맞서는 것일까요.

아빠 새 삶에서 가장 안타까운 일은 너무 늦게 사랑을 배우고 너무 늦게 감사와 행복을 아는 일이란다.

사랑 5

아기 새 주변에 있는 모든 대상을 사랑하게 되면 모든 주변이 천국
으로 변할 수도 있겠어요.

아빠 새 사랑으로 가득 차 있는 새들은 있는 자리마다 기쁨과 향기
로 피어 나서 그곳이 곧 천국으로 변한단다.

축복

아기 새 내 안에 사랑으로 가득 차 있으면 주변 모두가 아름답게 보여요.

아빠 새 그래서 세상에서 가장 행복한 삶은 마음이 따뜻하고 사랑이 넘치게 살아가는 삶이란다.

사랑을 가지고

아기 새 소소한 일에 감사한 마음이 있어야 기쁨이 있고 사랑할 마음이 생길 것 같아요.

아빠 새 작은 일에도 감사한 마음이 가슴을 따뜻하게 해 주고 사랑의 씨앗이 심어지게 된단다.

왜 좋아

아기 새 사랑하는 친구에게는 모두를 다 주고도 더 주지 못해 안타
까워하는 마음이 생겨요.

아빠 새 사랑은 생각하고 계산하는 것이 아니라 생각만 해도 가슴
이 뜨거워지는 것이기에 그렇지 않겠느냐.

사랑의 기적

아기 새 우리는 사랑을 함으로써 또 사랑을 배우고 깨닫게 되는 것
같아요.

아빠 새 사랑은 외로운 친구에게 가슴을 내어 주고 따뜻한 말로 마
음을 만져 주는 거란다. 사랑은 베풀 줄 아는 것도 좋지만
사랑을 받을 줄 아는 것도 중요하다.

고맙고

아기 새 평생 한두 번 올까 말까 할 사랑을 정성을 다해 아름답게
가꾸어야 하겠어요.

아빠 새 꽃이 계속 피어 있지 않은 것처럼 사랑한다고 말할 시간도
많이 남아 있지 않단다.

기다림

아기 새 사랑은 가끔 마약과 같아요. 이성을 어둡게 하고, 판단을 흐
리게 하고, 충고에 귀머거리가 되게 해요.

아빠 새 그게 바로 사랑의 힘이 아니겠느냐. 그런 사랑의 강력한 힘
을 좋은 쪽으로 잘 베풀면 절망한 친구에게 희망과 용기를
주어 다시 일어나게 할 수도 있을 것 같구나.

오늘 행복한

아기 새 사랑은 눈을 감아도 더 밝게 보이고 만질 수 없어도 어느새 가슴에 들어와 있어요.

아빠 새 살면서 사랑하고 있을 때만큼 소중하고 아름다운 시간도 없단다. 사랑은 계산하는 게 아니고 그냥 느끼는 거란다.

장미꽃 사랑

아기 새 친구는 진실이 있어야 하고 사랑은 희생이 있어야 한다고
들었어요.

아빠 새 꽃에도 상처가 있는 것처럼 사랑에도 상처가 있음을 생각
해야 한단다.

종소리

아기 새 나의 가슴에 사랑을 넣고 다녀야 세상의 아름다움을 볼 수
있을 것 같아요.

아빠 새 사랑은 설명할 수 있는 것이 아니기에 우리에게 끝없는 신
비로 다가온단다.

함께 가요

아기 새 가슴이 따뜻하고 사랑이 샘솟는 친구는 세상의 모든 아름
다움을 지니고 있는 것 같아요.

아빠 새 밝은 낮에 혼자 걷는 것보다 어두운 밤에 손을 잡고 둘이
걷는 게 더 좋다고 하더구나.

덕분에

아기 새 내가 스스로 자신감을 잃으면 온 세상이 싫어지고 적대감
으로 느껴져요.

아빠 새 그래서 삶에 있어서 최고의 행복은 스스로 사랑받고 있음
을 확인하고 신나게 살아가는 것이란다.

지금 사랑

아기 새 사랑을 하는 것도 기술이지만 사랑을 받는 기술도 배워야
겠어요.

아빠 새 사랑받는 기술 중 중요한 하나는 상대방에게 귀를 기울여
주는 것이란다.

사랑의 깊이

너의 날개짓에
하늘이 걸려
기우뚱
거리더니
어쪽으로
넘어가려던
태양은
붉은그리움을
온하늘에
토해내고
말았나

새 에 대 하 여 짓 고 가 려 쓰 다

아 상 이 문 연

아기 새 사랑은 그 깊이를 알지 못함으로 언제나 신비의 행복인가
봐요.

아빠 새 사랑은 사막에서 솟아나는 샘물 같은 거다. 그래서 만남은
소중히 여겨야 하고 인연은 아름답게 가꾸어야 한다.

용서하는 마음

영혼의 순수함 속에는 이해하고 용서하는
마음이 들어 있다   이봉연

아기 새 사랑의 처음이자 마지막은 남을 이해하고 끝없이 용서하는
일인 것 같아요.

아빠 새 진정으로 고귀한 사랑은 아무도 생각하지 않았던 영혼의
순수함에서 시작된다고 하더구나.

제일은 사랑

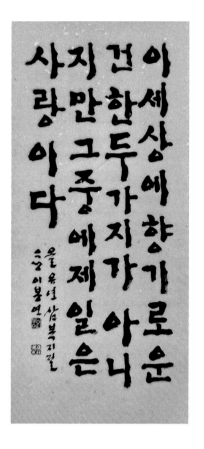

아기 새 세상에서 가장 숭고하고 위대한 것은 아낌없이 주는 사랑
인 것 같아요.

아빠 새 그래서 사랑은 받을 때보다 줄 때에 더 행복하고 기쁨이 넘
친단다.

사랑의 조건

아기 새 남이 나를 사랑해 주지 않음을 신경 쓰지 말고 내가 먼저
다가서서 사랑을 실천해야겠어요.

아빠 새 그래라. 사랑은 조건이 주어졌을 때 하는 것이 아니라 생각
난 지금 실천하는 것이란다.

송백

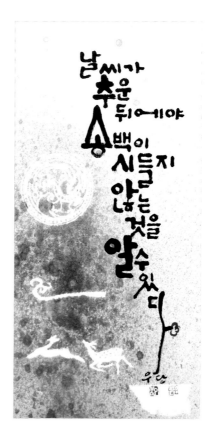

날씨가 추운 뒤에야 송백이 시들지 않는 것을 알 수 있다

우당

아기 새 사랑은 서로가 같기 때문에 하는 것이 아니라 서로의 다른 점을 알아 가는 거래요.

아빠 새 세상의 수많은 친구 중에 그가 내게 가장 소중한 것은 그간 다른 점을 확인하고 쌓아 올린 사랑 때문이란다.

마음 다한 사랑

아기 새 사랑한다고 하여 항상 좋은 건 아니잖아요.

아빠 새 아무 탈 없이 잘 달리는 삶보다 넘어져도 일어나 다시 달리
는 친구에게 더 큰 박수를 보낸단다.

범사에 감사

아기 새 애정을 가지고 관심을 기울이면 아주 가까운 곳에서 특별
한 많은 것이 보이기 시작해요.

아빠 새 그렇단다. 아침에 눈을 뜨고 당사실 같은 햇살을 볼 수 있
다는 사실, 마음 따뜻한 친구가 있다는 사실, 생각해 보면
주변에 모두 감사한 것뿐이란다.

다름 인정

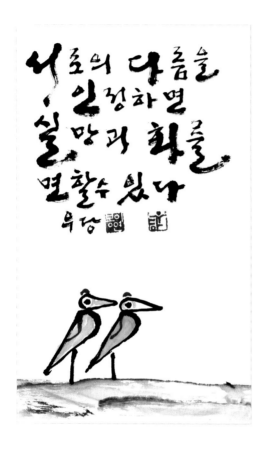

아기 새 우리 컨디션을 최상의 상태로 유지 시키는 것은 감사하고
사랑하는 마음인가 봐요.

아빠 새 현명한 자는 아름다운 덕과 사랑을 가슴에 품고 있지만 남
에게는 어리석은 것처럼 보인단다.

편지

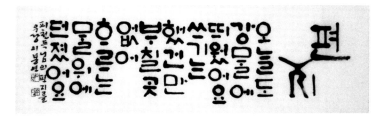

아기 새 가끔은 사랑하는 이를 보내고 나를 일으켜 세우는 인고의
연습도 필요할 것 같아요.

아빠 새 그렇다. 사랑한다는 건 기다림의 고통을 감내하며 사막을
홀로 걷는 끝없는 여행과도 같은 거란다.

노력하는

아기 새 남을 사랑한다는 건 지쳐 쓰러진 자에게 생명의 숨결을 불
어넣는 일인 거 같아요.

아빠 새 사랑의 능력은 힘든 자에게 생명과 행복의 싹이 움트게 하
는 거란다.

사랑 씨

아기 새 제 마음이 메마른 것은 제 가슴속에 사랑이 없기 때문인
가 봐요.

아빠 새 그래서 항상 나를 돌아보며 내 가슴에 사랑의 씨앗을 뿌리
는 마음이 중요하단다.

마음에 기쁨

아기 새 저에게 기쁨과 평화가 없는 것도 제 가슴속에 사랑이 없기
때문이겠지요.

아빠 새 살아남기 위해서는 힘이 강한 자도 아니고 천재도 아니다.
다만 날마다 사랑의 마음으로 새롭게 변해야 한다.

따스한 너

아기 새 우리는 똑똑한 친구보다 가슴이 따뜻하며 사랑을 베푸는
친구가 좋아요.

아빠 새 아무리 좋은 길도 가지 않으면 잡초가 무성한 것처럼 사랑
도 따뜻하게 베풀지 않으면 풀밭이 되고 만단다.

아름다움

아기 새 사랑은 가끔씩 쏜살같은 시간을 일정 기간 정지시켜 놓은
것 같아요.

아빠 새 사랑이 가슴속에서 꽃을 피울 때 세월은 일시 정지하게 되
겠구나.

행복

아기 새 날마다 자신의 말과 행동을 돌아보며 스스로 경계하며 행복을 찾아야 할 것 같아요.

아빠 새 그렇다. 행복할 조건이 없는 게 아니라 행복하게 여기는 마음이 없는 거란다.

사랑의 문

아기 새 행복은 문을 열고 들어오는 것이 아니라 내 안에서 꽃처럼 피워 가는 것이라던데요.

아빠 새 행복의 문을 여는 손잡이는 바깥에 있는 것이 아니라 안쪽에 달려 있다는 말도 있다.

세상이 낙원

아기 새 우리가 살아가는 모든 일이 기적이고 행복이라 여겨야 하
겠어요.

아빠 새 우리 삶의 낙원은 내가 가장 고민하고 걱정하며 다투고 화
내며 살고 있는 바로 이 현장에 있다고 한다.

나눔

아기 새 가진 것만으로 만족하고 서로 나누며 사는 것이 가장 행복한 삶인 것 같아요.

아빠 새 어떤 상황이나 조건 때문에 행복하고 불행한 것이 아니라 나의 마음가짐이 행복과 불행을 결정하는 거란다.

제6부

이제는 행복을 만들며 가요

행복 2

아기 새 아빠, 지금 이 시간부터 행복하기로 결정해요.

아빠 새 참 좋은 결정이다. 커피는 따뜻할 때 마시는 것이 좋고 삶
은 지금 이 시간을 즐기며 행복을 누리는 것이 가장 잘 사
는 비결이다.

행복한 사람

아기 새 미래를 걱정하다가 이 순간을 놓쳐버리고 결국 내일도 현재
도 둘 다 누리지 못하게 될 수도 있겠어요.

아빠 새 한때의 소소한 기억을 떠올리고 참 행복하다고 생각한다면
지금도 내일도 행복을 누릴 자격이 있다.

기쁜 소식 1

아기 새 나에게 주어진 하루만큼씩 소중히 여기고 이쁘게 가꾸어
간다면 평생을 행복하게 살 수 있을 것 같아요.

아빠 새 그래, 관심을 가지고 살피면 아주 가까운 곳에서도 어떤 특
별한 의미와 행복의 비결을 찾을 수 있게 된단다.

고요함

아기 새 가끔은 고요하게 지내고 한가함에 머물 때에 달콤한 행복을 느낄 수 있어요.

아빠 새 흘러가는 구름의 얘기도 들으며 진실하고 따뜻한 마음을 배우려는 자세가 있다면 항상 기쁘고 삶이 온통 행복으로 가득하게 된단다.

기뻐하는

아기 새 오늘 겪은 작은 일들에 행복해야 내일도 행복하게 되겠지요.

아빠 새 늙어서 행복하게 되기를 바란다면 바로 지금 이 순간을 행복하다고 느낄 수 있어야 한단다.

바른 마음

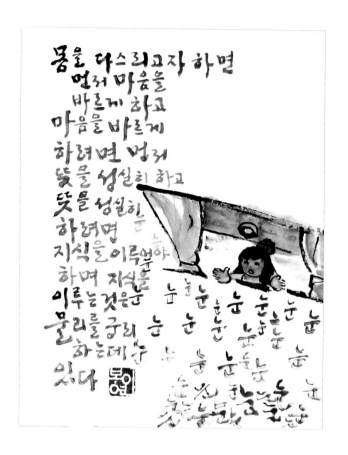

아기 새 지금 이 선물로 받은 시간에 행복을 꽃처럼 가꾸며 살아야
겠어요.

아빠 새 일은 대체로 자기가 마음먹은 것만큼 이루어지고, 마음먹
은 것만큼 행복해진다.

평화

아기 새 행복을 찾아 만들지 않으면서 행복을 누릴 수는 없는 것
같아요.

아빠 새 그래서 행복의 문은 찾는 자에게 보이고 두드리는 자에게
열리게 된단다.

아름다운 열매

아기 새 산다는 건 빈 화선지를 채워 가는 긴 여정인가 봐요.

아빠 새 그래, 오늘은 예술작품처럼, 삶은 봄 소풍처럼, 즐겁고 의미 있게 조금씩 채워 간다면 모든 생은 행복으로 이루어지겠 지.

기쁜 날

아기 새 남이 나를 행복하게 보는 것보다 내 자신이 행복하다고 느끼는 것이 중요한 것 같아요.

아빠 새 평범한 날들을 행복하게 느낄 줄 알아야 삶의 긴 시간도 행복하게 보낼 수 있단다. 행복을 받아 행복을 느끼는 것은 오롯이 자신의 몫이다.

기쁜 소식 2

아기 새 행복도 가야금처럼 노력하며 찾아야겠어요.

아빠 새 어떤 이는 기쁜 일이 있어도 감사할 줄 모르고 어떤 이는 역경 속에서도 감사하며 행복해한단다.

근본

마음의근본은
진실이요
성공의근
본은 노력이다

아기 새 어떤 일이든 수양을 통하여 겸손하고 감사하며 성실로 임
해야 할 것 같아요.

아빠 새 참 좋은 생각이다. 모든 것은 기본이 서야 한다. 어떤 분야
에서도 혜성같이 나타나는 일은 없다. 그간 노력의 결과가
나타나는 것뿐이다.

청산

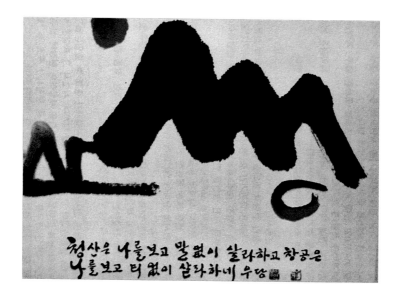

청산은 나를보고 말 없이 살라하고 창공은
나를보고 티 없이 살라하네 우당

아기 새 때로는 멀리 돌아가는 것이 바른길이 될 수도 있어요.

아빠 새 어려운 시기를 당했을 때에도 서둘지 말고 나는 누구인지
스스로 묻고 천천히 결정해야 한다.

겸손의 씨

아기 새 어떤 일에 너무 지나치게 서둘러도 예쁘게 보이지 않을 때
가 있어요.

아빠 새 열심히 한다는 명분으로 너무 지나치다가 남의 사정을 보
지 못하게 될 수도 있단다.

행복 3

아기 새 매일 매일 진실되게 착실한 마음으로 살아간다면 행복은
어디에나 있는 것 같아요.

아빠 새 행운은 매일 찾아오는데 진실한 준비가 되어 있지 않아 거
의 다 놓치게 된단다.

희망찬 아침

아기 새 우리는 매일 찾아오는 귀한 오늘도 그냥 무심히 보내고 있어요.

아빠 새 오늘은 오늘 자체만으로 내일로 가는 아름다운 길목인데 모두 그것을 모르고 그냥 지나쳐 버리고 만다.

쌀 곳간

아기 새 인간들은 쌀 곳간을 지어 놓고 그곳을 채우기 위해 안달을
하고 있어요.

아빠 새 그러한 근성과 욕심 때문에 인간들의 역사는 곧 크고 작은
싸움의 역사란다.

고요한 시간

삶에서 터득한 지혜로 옳고 그름을 판단할 수 있어야 한다 우당

아기 새 지혜로운 자는 부자라도 방탕하지 않고 적게 가져도 비굴하지 않은 거래요.

아빠 새 낮은 곳에 있어 봐야 높은 것이 위험하다는 것을 알고 고요히 지내 봐야 서두르는 것이 부질없다는 것을 알게 된단다.

행복 4

아기 새 내가 필요한 것 하나만 가지면 될 텐데 더 가지려 하다가 먼저 가졌던 그 하나마저도 잃게 되어요.

아빠 새 행복의 비결은 필요한 것을 얼마나 가지고 있는가가 아니라 불필요한 것에서 얼마나 자유롭게 지내는가에 달려 있단다.

얼굴

아기 새 자신의 얼굴을 찌푸리면서 행복을 바랄 수는 없는 것 같
아요.

아빠 새 살아 있는 것만으로도 행복이라 여기고 아무리 사소한 일
에도 감사한 마음과 온화한 모습을 가질 때 행복이 더 커
진단다.

행복 만들기

아기 새 지금 가지고 있는 것만으로도 마음먹기에 따라 얼마든지 행복할 수 있겠어요.

아빠 새 지혜로운 자는 삶의 구덩이에 빠진 걸 한탄하지 않고 오히려 거기서 무엇을 할까를 생각한단다.

길

길이 없으면 만들어 가자
우당이봉연

아기 새 어떤 친구는 상제를 믿는다고 했어요. 상제는 누구예요.

아빠 새 하늘의 다른 표현이라 해도 되겠구나. 살면서 가끔씩 생각하고 바라보며 자신의 말과 행동을 바로잡아 가는 어떤 대상이라 설명하면 어떨까?

빛날 내일

아기 새 그 하늘을 어떻게 생각하느냐에 따라 우리 삶의 태도와 방
법도 달라지겠어요.

아빠 새 참 좋은 생각이다. 어떻든 하늘은 어디에서나 찾을 수 있으
며 우리의 고단한 삶에 큰 위안과 평안을 주기도 한단다.

종소리

아기 새 그런 의미에서 종교도 성립되고 우리의 피로한 삶을 다독거
리기도 하겠어요.

아빠 새 그래서 우리 삶의 방향을 제시해 주는 큰 가르침이 종교라
고 아빠는 생각한다.

소망

아기 새 그 큰 가르침 대로 산다면 그래도 좀 덜 비틀대며 갈 수 있
겠어요?

아빠 새 우리는 누구나 불완전한 존재이기에 그래서 힘들 때가 있
겠지만 바른 종교관을 가지고 바르게 열심히 사는 게 중요
하단다.

평화

아기 새 친구들마다 다 다른 종교를 가지고 있어요.

아빠 새 다른 종교의 교리를 무조건 배척한다면 나의 신앙심이 약한 것이라 생각한다.

믿음 소망

쩔레순 꺾어 먹으며 집주변 서성이다
나무그늘 돌뿌리에 걸터앉아
산새들 노래소리 공짜로 듣는다
우당 이봉연

아기 새 다른 종교도 이해하면서 나의 신앙심을 바로 하여 진실되
게 살아야겠어요.

아빠 새 만일 어떤 친구가 자신의 종교 하나만을 알고 있다면 그 친
구는 그 하나도 제대로 알지 못하는 것이라 생각한다.

즐거움 원천

아기 새 우리는 무엇에 가치를 두고 살아가느냐에 따라 우리의 모습
과 삶의 방법이 달라질 것 같아요.

아빠 새 : 그래서 아빠는, 산다는 건 의미를 찾아 떠나는 여행이며
가치를 창조하는 과정이라 생각하며 살아왔단다. 그런데
그 가치에 대해서는 생각해 볼 문제구나.

신의 삶

아기 새 삶의 목표를 달성하기 위해서는 큰 꿈을 중심에 두고 열심히 채워 가야겠어요.

아빠 새 세상에 태어났으니 이왕이면 멋지게 잘 살아야 되지 않겠느냐. 그래서 아빠는, '오늘은 성실하게 인생은 멋지게'라는 좌우명을 세우고 그렇게 살려고 노력했단다.

복음

아기 새 자신을 지배하는 것은 결국 마음이니 자신의 마음을 잘 다듬으며 살아야겠어요.

아빠 새 태어날 때 받은 본성은 서로 가까운데 습성에 따라 서로 격차가 생기게 된단다. 항상 마음을 비추어 보며 바른가를 판단하며 살아야겠구나.

지혜로운

지혜로운 자는 길을 탓하지 않으며
현명한 자는 굽어 건지 아니 한다
우당 이봉연

아기 새 그 본성을 보는 관점에 따라서도 교육의 방법과 태도가 달라질 것 같아요.

아빠 새 마음을 극진히 다하면 본성을 알고, 본성을 알면 하늘을 안다고 한다.

하늘의 도

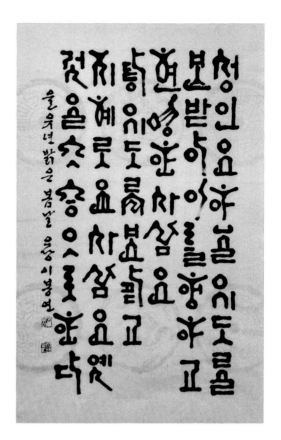

아기 새 그 하늘과 소통하며 하늘의 뜻에 맞도록 매사에 극진한 마음으로 살도록 노력해야겠어요.

아빠 새 삶을 아름답게 마무리하고 싶다면 지금을 마지막처럼 극진히 사는 것이다. 하늘은 멀리 있는 것이 아니라 우리의 마음속에 또 지금 이 골방 안에도 있으니까.

하늘의 뜻

아기 새 아빠와의 얘기를 통하여 이제 눈이 좀 뜨이는 것 같아요.

아빠 새 그렇구나. 그간 많은 얘기를 했으니 오늘은 같이 하늘을 한 번 날아 보자꾸나.

아름다운 세상

아직 우리 희망을 애기 하자 우담

아빠 새 하늘에 올라 내려다보니 세상은 참 아름답구나.

아기 새 네 아빠, 너무 신나요.